LE
BATIMENT
DE
S. SULPICE.
ODE.

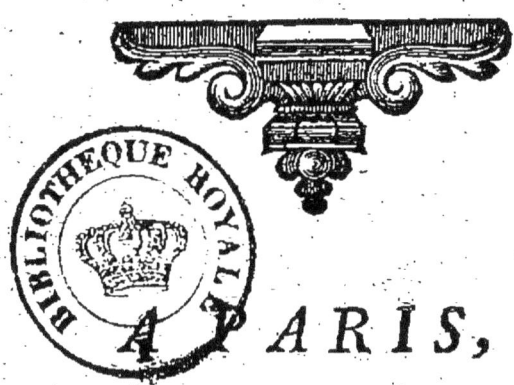

A PARIS,
Chez COUSTELIER, Quay
des Augustins.

M. DCC. XLIV.
AVEC APPROBATION.

Quod Cogitasti in Corde tuo ædificare Domum nomini meo, benefecisti, hoc ipsum mente tractans. Regum 1?

F.Boucher inv

Cl.Duflos Sculp.

LE BATIMENT DE S. SULPICE.
ODE.

I.

AUGUSTE & pompeux Edifice,
Digne Palais du Roi des Rois,
Que votre voûte retentisse
Des sons éclattans de ma voix !
De l'Esprit saint qui vous habite,
Une inspiration subite
Excite, en moi, d'heureux transports ;
Et de la Harpe renommée,
Honneur de l'antique Idumée,
Me transmèt les divins accords.

II.

Qui vous éleva! Quel Génie,
Né pour le plus fublime effor,
Quelle main puiffante & bénie
Elevé, vous élève encor ?
Bientôt vous atteignés les nuës.
Je vois les pierres fufpenduës,
S'animer, pour y parvenir ;
Et la Maifon de Dieu, fur Terre,
A celle d'où part fon tonnerre,
De jour en jour, prête à s'unir.

⚬✳❀⚬

III.

De l'élégante Architecture
La fimplicité, la grandeur,
Marbres, Métaux, Art & Nature,
Tout concourt à votre fplendeur.
Du Tabor lumineufe image
Radieux & ftable Nuage
Dont l'Eternel s'eft entouré;
Et d'où je l'entens, qui s'écrie :
Voici ma demeure chérie !
Ici, je veux être adoré !

I V.

Epoux divin, ta Sulamite,
Déja, de ses tendres accens,
Dignes des Anges qu'elle imite,
Anime ces écos naissans.
Permets, Divinité jalouse,
Permets, tandis que ton Epouse
Pour Toi, les frape incessamment;
Que, par ma voix, le nom du Sage
Qui les fit naître, à cet usage,
Ose les fraper un moment!

V.

Eft-ce un Conquérant qui franchiffe
Les Monts , les Fleuves & les Mers ?
Un Potentat qui s'enrichiffe
Des dépoüilles de l'Univers ?
Un Roi qui, des bords de l'Hydafpe ,
Enlève l'élite du jafpe ,
De la topaze & du faphir ?
Ou, dont la Flotte infatigable ,
Sur l'Onde la moins navigable ,
Cherche & raporte l'or d'Ophir ?

VI.

O Race encor enſevelie
Dans les abîmes du Néant ;
Et que dix ſiècles, à la vie,
Vont conduire à pas de Géant !
Je vois l'âge, où nos ſaints Cantiques,
En ces Lieux devenus antiques,
Seront confiés à ta voix,
Sans qu'à ma Lire, auſſi durable
Que ce Monument mémorable,
Le Temps ait fait ſubir ſes loix.

VII.

Que je t'inftruife donc. Ce Temple,
Ces Portiques, éforts de l'Art,
Que ton œil étonné contemple,
Qui portent fi haut ton regard,
Où tu crois voir briller la marque
De la main de plus d'un Monarque ;
Ce Vaiffeau riche & fpacieux,
Eft l'œuvre d'un Pafteur fidèle ;
Simple Œconome, dont le zèle
Fut pur, autant qu'ingénieux.

VIII.

De nos Rois la magnificence ;
Eſt l'effet d'un pouvoir humain :
Tout eſt ſous leur obéïſſance ;
L'or naît & renaît ſous leur main.
Mais que la ferveur d'un Lévite,
Et ſur l'indévot Sybarite ,
Et ſur l'Avare , ait opéré ;
Qu'il aît , de ces pénibles ſources ;
Tiré de pieuſes reſſources ,
C'eſt un prodige ineſpéré.

❧✳❀❧

I X.

Dans les eaux du fiécle , ainfi puife
De l'Homme faint le zéle heureux ;
Des vâfes d'Egypte , Moife
Enrichit ainfi les Hébreux.
C'eft ainfi que Tir idolâtre ,
A , de cèdres , d'or , & d'albâtre ;
Orné le Temple d'Ifraël ;
Et que , d'iniquitez foüillée ;
Babilone s'eft dépoüillée ,
Pour le Dieu de Zorobabel.

X.

Du char où difparut Hélie,
Mon efprit, loin de fa prifon,
Sous mon œil, en un point, rallie
Tout ce qu'embraffe l'Horizon.
De la main des Riches du Monde,
Deffous moi, le fafte, à la ronde,
Dans les Campagnes fe répand :
Je vois l'Arbre déja fuperbe,
Ombrager des Palais, où l'herbe
Cachoit à peine le ferpent.

༄✳︎❀༄

XI.

Retombent, frapez du tonnerre ;
Retombent ces Palais fortis
Nouvellement de deſſous terre ;
Comme Ceux qui les ont bâtis !
Fuſſiés-vous au ſein de l'Abîme ,
Scandaleux monumens du crime ;
Triomphes de l'Impunité !
Temples impurs de Samarie ;
Erigez par la Barbarie ,
Et voüez à la Volupté !

c✳✳ɔ

X I I.

Méritiés-vous ces Edifices ,
Hommes d'hier & d'aujourd'hui ?
Gens amollis dans vos délices ,
Endurcis dans les maux d'autrui !
Verges d'un Dieu qui vous tolère !
Mais, tour à tour, de sa colère,
Les Inftrumens & les Joüèts !
Nabuchodonofors modernes ,
Nez pour habiter les cavernes
Des Monftres, l'horreur des forêts !

XIII.

Ces cavernes, fombres retraites,
Ils les chercheront, mais en vain,
Le jour afreux, où des Trompettes
Eclatera le fon divin.
Murs de Ninive impénitente !
Alors le Sang qui vous cimente
Criera contre les Criminels :
Alors, d'avec leurs mains parjures,
Dieu diftinguera les mains pures,
Qui lui drefferent des Autels.

XIV.

Efroi du crime ! Apui du Juſte !
Deſcens ! Tes autels ſont parez.
Des rayons de ta face auguſte,
Fais reſplendir ces murs ſacrez !
Sous tes pieds, la Nuë élevée,
De la Baſilique achevée
Cache le faîte glorieux ;
Nous accourons ; la Porte s'ouvre ;
Et l'œil au loin qui la découvre,
Croit voir ouvrir celle des Cieux.

⁕⁕⁕

XV.

Des Tems & de leur nuit profonde,
GERGY, tu seras respecté;
Oui : cette Merveille du Monde,
T'assure l'immortalité.

Des Tems mêmes le précipice
Engloutiroit cet Edifice,
Sans donner atteinte à ton nom.
Depuis quand, détruit par la Guerre,
Le premier Temple est-il sous terre?
Parle-t'on moins de Salomon?

FIN.

I